インフィニット・ワーズの詩（3）

宇宙と呼応するひびき

白光出版

目次

宇宙と呼応するひびき

孤独である時

真理のメッセンジャー

カバーデザイン　原　良子
カバー写真　吉川栄省

インフィニット・ワーズの詩（3）　宇宙と呼応するひびき

宇宙と呼応するひびき

宇宙神のリズムと三位《さんみ》の呼応

〜呼吸法の印の働き〜

愛する人の死
家族の崩壊
経済的破たん
衝撃的な経験やトラウマ……

心の奥底に葬《ほおむ》り去ったはずのさまざまな傷に
心が凍りついている人
混乱状態や狼狽《ろうばい》状態に陥《おちい》っている人

深刻な不安、恐怖を抱えて生きねばならない人
悲しみに打ちひしがれている人
怒りや憤《いきどお》りや憎しみにとりつかれている人……

さあ、我々とともに
「呼吸法による人類即神也の印」を組もうではないか

果てしなく深い呼吸は
自らに多大なる影響を及ぼしてゆく
筋肉も、血液も、神経も
人体を構成しているあらゆるメカニズムが
果てしなく深い呼吸によって癒されてゆく

肉体内の不調和は癒されてゆく

果てしなく深い呼吸の波長は
宇宙神のリズムと一体となって
自らの肉体、精神、魂のすべてに光をしみ通らせてゆく
病んだ心に宇宙神の光り輝く無限なる周波数が振動してゆきわたる
するとアンバランスだった自らの肉体、精神、魂に自然治癒作用がもたら
　されるる
脈はゆったりと打ちはじめ
呼吸は正常な宇宙神のリズムに呼応し
肉体のすべての生理機能に調和がもたらされ
いかなる症状も緩和されてゆく

果てしなく深い呼吸は
感情レベル、思考レベル、霊的レベルにまで深く浸透し
それらを癒し、変容させてゆく
長い間触れたくもなかった、思い出したくもなかった
自らの意志によって閉じこめていた
否定的感情想念、否定的体験、否定的行為が癒されてゆく
果てしなく深い呼吸により、人は
ほんのささいな経験を糸口に
自己の閉ざされた内部をみつめはじめ
自らの心を束縛し、自らの自由を奪い
執拗《しつよう》につきまとっていた

あらゆる一切の過去を手放すことが出来るようになる

果てしなく深い呼吸により、人は
自らの内奥の本質から無尽蔵《むじんぞう》に溢れくる
無限なる生命の躍動に驚き
自らの深い過ちに気づき
無限なる可能性に目覚めはじめる

果てしなく深い呼吸により、人は
自らの内奥の本質と全く一つにつながり
自らの存在そのものに目覚めてゆく

遂に吾は我を知る
「我即神也」「人類即神也」の究極の真理を知る
我が本質は、肉体であって肉体にあらず
我が生命は、宇宙神の中に包み込まれている
我自身が光なり　真理なり
我が心臓の鼓動、脈、血液や体液の循環
我が肉体を構成する全組織、全機能、全器官
全働きが宇宙神のリズムに呼応《こおう》し
生命のリズムを刻んでいる
宇宙神と細胞レベルで、遺伝子レベルで
共鳴し合っている
肉体はもう病んではいない

すべては完璧、大調和
そして大成就也

宇宙究極の光の一筋

宇宙究極の光を浴びる時
細胞の一つ一つは
最も至福の瞬間を迎えるのだ
宇宙根源の力が注ぎ込まれ
神の生命力が
わが肉体を貫き　包み込んでゆくからだ

その神の生命力は傷ついた一つ一つの細胞の傷を癒し

あらゆるストレスと苦しみを解き放ち
平安と安らぎへと誘ってゆく

すべては完璧だ
心配することは何もない　何も起こらない
細胞の一つ一つはわが肉体にあって
その与えられた天命を充分に完うしつづけるからだ

宇宙究極の光を浴びる時
生きていることの幸せを最も感じとる時だ
今まで忘れていたあの内なる〝声〟が聞こえてくる
人は突如として目覚めるのだ

その声は常に内に在った
そして常にメッセージを託しつづけていた
だがしかし　わが心はあまりにも外側の騒音に　雑念に
向けられていた
全くとるにたらない他人の評価を気にし
否定的想念のみに心奪われ
どうしよう　どうなるのだろうと恐れ　悲鳴をあげていた
内なる声は常にそこに在った
ずっと愛し　癒しつづけてくれていた
その声は遠い彼方からやってくるのではない
自分の内部に常に存在していたのだ

宇宙究極の光を浴びる時
内奥から〝絶対大丈夫〟〝必ず成就する〟
というメッセージが力強くわが心に届けられてくる
突然内より何かが起ころうとしている
それはキラメキのようなもの
喜びに満ち溢れるようなもの
それが何であるかは定かではないが
なぜか幸福感に包まれてゆくようだ
そうだ　そうなのだ
宇宙究極の真理をわが内に垣間見る瞬間だったのだ
〝我即神也〟〝人類即神也〟

宇宙究極の光を浴びる時
生が再びよみがえる瞬間だ
人生は道なき道
一人として同じ道を歩まない
わが人生　わが道を行くのみ
そこに国はない　指導者もない
自らが内なる声に従ってのみ創りあげてゆく道なのだ
だからこそ内なる声に心して耳を傾けねばならないのだ
わが歩む道こそ我即神也＝人類即神也の道だ
その内なる声は
宇宙究極の光を浴びる時
はっきり聞こえてくるのだ

絶対なる真理　我即神也・人類即神也

我即神也・人類即神也の真理ほど
偉大なるものはない
何ものもこの絶対なる真理を
覆《くつがえ》すことは出来ない
いかなる宗教も哲学も心理学も信条も科学さえも
この絶対なる真理を否定することは出来ない

真理は大法則である

真理は大調和である
真理は絶対なる愛である
そして真理は無限なる進化である

人間には無限の善なる可能性とともに
怒り、憎しみ、嫉妬、欲望、残虐、闘争といった
マイナスの可能性も秘められている
が、これらの二元性は、
自らの神性を信ずることにより
即消え失せる

自分に現われてくるいかなる出来事も

本来それ自体、味も色も匂いもない
無色透明である
それらに味や色、匂いをつけるのは自分そのものである
自分の前に現われてくる
すべての出来事を素直に受けとめる自分
その受け入れる自分の心の在り方によって
善くもなれば、悪くもなる
輝きをますこともあれば、闇ともなる
幸せにもなれば、死さえももたらす
すべては自分の心の在り方にかかっている

すべての生命を愛し、育み、慈しみ、

尊重しあうことで
知るであろう　本来の自己
神聖にして光り輝く本来の自分
無限なる能力　無限なる可能性　無限なる神秘に包まれている自分
我即神也　人類即神也

人類はみな一人残らずこの真理に向かって
歩みを進めてゆく
真理を求めるに
生命をかける必要はない
苦しむことも全くない
ただ素直に自らの神性を信ずることのみ

肉体と精神と魂を一つにして
自らの神性を信ずることのみ
心に一つの疑いさえも持ってはならぬ
疑いは、すべてを破壊し尽くす

人間に目的がないほど
むなしいことはない
自らの存在の目的
自らの生きる目的
自らの働く目的
自らの結婚の目的
自らの家族の目的

目的のすべては、究極の真理
我即神也、人類即神也に至る道
この目的によって人間には初めて生きる希望が生まれてくる
希望の先に見え隠れしているのは
自分の思ったことはすべて必ず成るという絶対なる法則
この法則を自分のものとした時
自らの人生に
素晴らしい未来が築きあげられるのだ

人間は幾度かの悲しみ、苦しみ、絶望、
喜び、感謝の体験を重ねつつ
遂には、自らの真実に迫りくる

自らの本来の姿が見えてくる
神聖にして光り輝く本体が自分に向かって飛び込んでくる
そして合体す
遂に我は我を見る
無限なる叡智、直感、能力に秀でている我を知る
そして我即神也そのものの我を感じる

我即神也が自らのものとなった時
人類一人一人の内に神を見る
人類即神也

人類の未来も地球の存続もすべて

我々人間の一人一人の手の中にゆだねられている
人類一人一人が究極の真理、我即神也・人類即神也に目覚めた時
新しい霊文明が訪れる
我即神也　人類即神也

真理を探求する者は

真理を探求する者は
熱狂的な、偏狭的な
信仰心にかたよるべきではない

真理を探求する者は
発作的に一時的な奇跡を追い求めるべきではない

真理を探求する者は

いかなる状況にあろうとも
すべて一切の批判、非難、評価を下すべきではない

真理を探求する者は
自分の内よりすべて一切の
否定的言葉、想念、行為を表現してはならない

真理を探求する者は
着実な光明思想のみの積み重ねにより
自らの運命を遥か遠く、死に至るまで
輝かしきことのみで埋め尽くすべきである

真理を探求する者は
常に真の自己と、錯覚に基づく自我を
明確に区別できなくてはならない
真理を探求する者は
究極的に我即神也、人類即神也に至る

真理は初めから魂を貫いている

あなたが現実を恨むのは間違っている
それは、あなたが今余りにも
苦悩や悲しみに覆われ
捉えようもない不安や恐怖に襲われているからである

そして現実的な状況を憎みはじめ
自らの内側にひきこもり
真実から逃げようと

もがいているからである

誰にも触れて欲しくない
自らの苦しみ、悩み、絶望
ただひたすら内へ内へとひきこもり
いつの間にか
自らが否定的思考へとはまり込んでゆく
これでは何一つの解決にもならない

自らの至らなさ、無能力、無価値に
神経質なほど焦点がしぼられ
ますます抜け出せない状況へと

自らを追い込んでゆく

だがしかし
真理は初めから自らの魂を貫いている
が悩むことも迷うことも疑うことも必要なことなのだ
但しそれにも把われないことなのだ

苦悩や悲しみは本来のものではない
それは、自らの過去の記憶にもとづき
自らが勝手につくりあげたもの
つくり出したもの
すべては前生の因縁の消えてゆく姿

苦悩や悲しみ、疑いや自己否定という現象を通して
本来の光り輝く神の姿を顕現すべく
仮の姿の否定的現象を通して
今、消えてゆくその瞬間である

自らの心が神我を覆い隠してしまった
過去の体験の記憶を摑まず、執着せず
更には心をそこに向けず
本来の源の記憶　我即神也に
心を転ずるならば、
自ずとあらゆる苦悩や悲しみ、不安や恐怖は
拭い去られてゆく

真実は初めからそこにある
真理は初めから自らの魂を貫いている
この世に一切の決まり事などない
あるのは生命、真理、光のみ
苦悩は人間が勝手につくり出してゆくもの
罪や罰、報いなどが
あたかも初めから存在するかのように
苦悩を苦悩と認めた人間が
苦悩にはまり込んでゆく

人類はみな
自らを光の存在、愛の存在、真理そのものと

認めるべきなのだ
我即神也、人類即神也の
究極の真理に出合えるのである

誰も、人を批判、非難する権利はない
誰も、罪や罰や報いを受ける権利もない

死や病気なども本来はない
これらのすべてはみな
人類の心が勝手につくり出したもの
人類の過去の体験の記憶にもとづき
人類に都合がよいように

編み出されたもの

真実は初めから人類一人一人の心の中に存在する
真理は初めから人類一人一人の魂を貫いている

すべてはプロセス
本来の我即神也の自分が
また新たなる神そのものに蘇るまで
人類は変化変滅し
遂に光そのもの　愛そのもの　真理そのもの
我即神也に還ってゆくのである

孤独である時

この世に偶然は決してない

人類は古今東西、国境を超えて
誰もが心身に深い傷を負って生きている
戦争、紛争、闘争
不治の病、挫折、孤立感、不信感、破滅感……
彼らはみな救いを、癒しを、優しさを求めている

人類の多くは、神の中にそれを求め
祈りを通して癒されてゆく

自らの存在意義、価値を求めて
人々はいつも右往左往している
歴史のさまざまな次元で
自らの存在価値は問われてきた
自分は何のために生きているのか
苦のうずき、痛みから解放されるために
人は信仰の道に入る
見えない魂に思いを馳せることで
確かではない納得を強いられてきた

自らの生命がここに存在しているということは
両親の恩恵によるものである

その両親の生命は
それぞれの両親四人の生命によって成りたっている
また、その両親の生命はそれぞれ八人の両親の生命によって支えられている
そのまた両親の生命は……
そして今、ここに存在する自分の生命は
三十代さかのぼると
五億人の脈々たる生命の流れによって存在していることになる

自分の生命であって
決して自分の生命ではない
今の自分の存在は

数えきれない程多くの生命の存在によって
成りたち支えられ存在しているのである

だからこそ尊いのではないか
だからこそ偉大なのではないか
だからこそ畏れ多いことなのではないか
だからこそ自らの生命そのものを
尊敬し大切に扱わねばならないのではないか

連綿と続く生命の流れの中にあって
一時の苦が、病が、不幸がどうしたというのか
簡単に弱音を吐くものではない、諦めるものでもない、絶望することでは

ない
もっと己れ自身を知るべきである
生命の深さを知り
自らを否定するものではない

人間は本来崩落と壊滅とを内に蔵する脆《もろ》い存在ではない
人間は無限なる能力と無限なる叡智を内に秘める、輝かしい存在そのもの
である
人は常に
人生とはこうでなくても、ああであり得た
という想いに絶えず心乱されるが
そんなことはありえない

この世に偶然は決してない、すべてが必然である
神の意志であり、自らの意志である
必然は自らの生命が、連綿と続く生命の流れの中に存在するが
偶然は、過去の積み重ねの中にはない
今、現在の瞬間に突然に迸り出るようなものである
そんなことはありえない
偶然は必然の否定である
そんなことは無意味である
だからこそ
人間は一人残らず自らの偉大なる生命を信じて生きることだ
失敗も病も苦も挫折も決して偶然ではない
魂のプロセスなのだ

自らの本質を知らしむるための神の恩寵である
自らの存在そのものに
希望を託すのである

人類一人一人がみな最後にゆきつくところは
我即神也、人類即神也である
誰もがいつかは必ず到達する必然性である
神人とは、そのプロセス（通過儀礼）を
すでにすませた神の輝きを放出している人たちのことである

孤独こそ人生最高の贈り物

雲は地上と天上とを分かつ境界線
神人は雲を足下に見下ろす
世の人々は雲を高く見上げる　高みを欲して
神人たちはすでに高みに立つがゆえに人々を雲の下に見る
神人という最高の嶺に登りたる者は、無限なる光明の世界に生きる
本来人類は地上の一切の二元対立を超え
善きもの悪しきものということさえも超えて
すべてを究極の真理を現わすためのプロセスと拝するべきだ

人間を悪しきものとは決してみるべきではない
罪を犯さないまでも　生きる誰もが一人残らず
その過ちの可能性を秘めて生きているからだ
現に未だ外に罪を現わさずとも心の内にて
罪を犯して生きていることは否めないのである

同時にまた人間は孤独なものなのだ
孤独ゆえに自分の内をさらけだし
自らを正直にみつめることも出来るのだ
多くの友、親しき人、愛する家族に囲まれ
いかに賑やかに幸せに振るまおうとも
人間はみな根源にては一人なのだ

孤独から逃げるために家族に友人に執着するのだ
人間はみな一人残らず孤独、それが原点だ
孤独を感じない人は孤独を孤独とみることから逃げている人たちだ
恐れている人たちだ、気をまぎらわせているだけだ

孤独にある者よ　何故そう憂えるのか
胸を張って堂々と生きるがよい
人類はもとを正せばみな一人残らず孤独にあるものなのだ
自らの真実をみつめるために、自らの神性と対面するために
今、必要があって孤独に置かれているのだ
何も恐れることはない、何も気に病むこともない
何も隠す必要はない、何も責めることはない

誰よりも先んじて幸運の時がめぐりにめぐり
今自分にめぐってきたのだ
真理にまみえるために、真理を体験するために
真理の光にとけあうために、真理と共に生きるために

千載一遇のチャンスが
貴方に訪れたのだ
それを何故恐れるのか、悲しむのか、怖がるのか
堂々と歓喜して孤独を受け容れよ
そのあとにやってくるのは
光明のみ、神聖のみ、輝かしきことのみ
孤独こそ、人生最高の贈りもの

自らの内なる神と対面できる千載一遇のチャンス

孤独に苦しむもの、孤独にあえいでいるもの
孤独に悲しむものたちよ
とうとう人生の転換の時が来たのだ
人間は孤独を通して光と出合う
真理とまみえる、神を見るのである

そして孤独のあとにやってくる光明を期待するのだ、心からよろこぶのだ
人類が皆一人残らず求めてやまないもの
それは、遠く果てしなき永遠の生命を手に入れるチャンスだからだ

神人は、壮大な高みから降りたち
孤独に打ちふるえる者を探し出し
慈愛の言葉、神聖な言葉を投げかけ
孤独な人々に明るい希望を、輝かしい未来をつくり出しているのだ
孤独は誰もが通るべき一つの道
すぐそこに、永遠の真理が近寄っている
さあ、手をのばし自らの手でつかむのだ
孤独こそ人生の最高のプレゼントなのだ
我即神也に至る歓喜に導かれるプロセスなのだ

孤独である時

孤独である時
　聖なる自己が語りかけてくる

孤独である時
　守護霊、守護神を強く意識でき、常に見守られ、導かれていることに
　気づく

孤独である時
今まで見過ごしてしまっていた無限なる叡智、直観に気づく

孤独である時
自らの肉体の深奥に神を見る

孤独である時
誰にも頼らず、一人で生きることへの確信を得る

孤独である時
　何億分の一の確率によって誕生できたことに無限の喜びを感ずる

孤独である時
　いかなる不安も恐怖も自らがつくり上げていたことに気づく

幸せは常にあなたの側にある

何故人は　ありのままの自分に満足できないのか
何故人は　ありのままの自分に対して不満に思うのか
何故人は　ありのままの自分とは違うものになりたいのか
それもすべては自分に何一つ自信がないからなのであろう

人は誰もみな　たえず幸せを求めている
人は誰もみな　絶えまない変化によって翻弄されつづけている
人は誰もみな　人のことが気にかかって仕方がないのだ

そして、ありのままの自分を見ることを恐れているのだ
そのうえ人は誰もみな　自分のことは何も判ってはいない

人はみな在るがままの自分、そのままの自分、嫌な自分を素直に受け入れ
て
ただ黙って静かに自分の心を見つめることが出来ないのだ
が、ひとたび
自分の心の中に静かに意識を傾けてみると
何故、自分が反抗し、痛み傷つき残酷になるのか
わかってくるのである
それはすべて、自分の心の中の一部分なのだ
自分を理解できないままの自分がそこに存在しているだけなのだ

自分をそんなに恐れることはない、悲観することもない
人間として当然のことなのだ
すべては消えてゆく姿だ、プロセスだ

人はみな
本来の自分は無邪気であったり善良であったり、親切であったりするもの
だ
時には笑ったり喜んだり、遊んだり語り合ったりすることが大好きなのだ
自分に何も強いず固定せず、集中しようと努力せず緊張せず
ごく自然のままに生きていれば、それで幸せなのだ
なぜそんなに焦るのだ
なぜそんなに死に急ぐのだ

どんな生き方の中にも自らの聖なる洞察の深みがあるのである
心はいつも揺れ動くことなく、静かであればよいのである
静かな心からは何の騒ぎも不安も、恐れも起こり得ないからである

老いても若くても、未熟であっても高齢であっても
みな幸せになりたいのである、幸せを求めるがゆえの苦悩なのである
だがしかし幸せは、常にあなたの側にあるものなのだ
幸せになろうと努力していない時、幸せは今そこにあなたの側にあるのだ
人はみな誰かを、何かを恐れている限り、幸せはありえない
本当に何も恐れていなければ、常に幸せは自分と共にあるのだ
それが判れば生きることは苦ではない
だがしかし多くの人々は、自らが幸せを求めつつ苦悩の種をまきつづけて

いる
何ともはや生とは皮肉なものである
だがしかし真理に目覚めた者は、過去の生き方に属しておらず
過去の権威を受け入れようともしない、全く次元を超えた生き方を貫いて
いる
自らの選択、責任において
自らの人生をきわめてゆく人たちだ
我即神也、人類即神也を顕現させるために
輝かしき未来を信じて

あるがままの自分を受け入れる

一人一人の内に
誰の中にも
一人の例外もなく
美しく輝かしき神秘が宿っているという
愛と感謝と赦しの念が充ちあふれているという
それが真実なのである

我々はその真実のすべてを

あるがままに受けとめることが出来ないだけなのである
長年心に蓄積された古い慣習に振り回されているだけなのである
自らのマイナス想念の転換が出来ないだけなのである
自分を正しく見つめることが出来ないだけなのである

自らのいのちの光に気づくための
慈しみと優しさに触れるための
魂の奥の神性さに関わるための
究極の真理に出合うための
チャンスがただただなかっただけのことである
本来の自分はすべてを知っているのだ

不安と恐怖を捨て
一切の虚栄心をそぎおとし
すべての対立を超え
はだかの自分
あるがままの自分と向かいあい
すべてそのまま
受け入れるのだ

そうすれば
もうこれ以上　傷ついたり疲れたりすることはない
もうこれ以上　自分を苛《さいな》んだり卑下《ひげ》したり
自己否定することもない

もうこれ以上　自らを粗末に扱い
自らの非をとがめ悔いることもない
自らの存在を抹殺することは
あまりにも重い罪なのだ
自らの神性を汚《けが》すことになるのだ

人はみな光なのだ
人はみな神なのだ

これからは自らの内に
神を見出し
光を見出し

真理を見出して
歩んでゆくのだ
宇宙神は　五井先生は
わが呼びかけに
必ず応《こた》えてくれる

我即神也　人類即神也

天と地の交流　～祈り、印～

天の舞　地に受けし　我　共に舞わん

天人たちは純白の雪をいただいたように透明に光り輝き
至福に満ちた舞を無心に舞いつづける
その舞は、この世の言葉ではとうてい言い尽くせぬほど
聖《きよ》く美しく、優雅で神々しい

天の舞は地上の浄め
厳粛さと崇高さ
壮麗さと華麗さを極め

地上に真理の光を降ろしつづける
天人の舞う一つ一つの動きは、すべて印の組み合わせより成る
印を組む手の先からは、四方八方へと眩《まばゆ》いばかりの金粉の光が放たれ
地上を浄め尽くしてゆく

その崇高にして華麗なる印の舞に
わが魂は強く魅せられ
我もまた、地にて舞わんと欲する

地上と天界は、霊気の幕で隔てられしが
いつしか霊気の幕は完全に開け放たれ
我は天人に誘《いざな》われ、天界にて天人と共に舞う

この時　わが舞いし印は神界に刻印され
また未来永劫　地上にても、その存在を刻印せり

時間空間を超え
わが組みし印の舞は
遂にその真髄を極め尽くし
わが生命と共に在り

今、地上にては各国各地に多くの神人が誕生し
その彼らが組みし印により　人類はもとより
一本の小さな草花に
ひとつの小さな石ころに

そして太古から永遠の未来にかけて
この世に存在せし生きとし生けるものすべてに
何一つわけ隔てなく平等に
神の息吹が届けられる

二十一世紀、天と地が全く一つとなり
地上の塵《チリ》、芥《アクタ》、業《カルマ》を浄め尽くし
不変不動の究極の真理
燦然たる神の栄光を出現さす
それこそが神人の組む印そのものなり

その印の無限なる叡智の力こそが

人類に真理の目覚めを促しゆく

五井先生とともに

ああ　五井先生は神世紀を駆けぬける
どこまでもどこまでも地球上を駆けめぐる
時折そっと大気の中に降り立って
笑みをたたえ　我々の前を通りすぎる
それは　沈黙と称賛による全き慈愛　五井先生のみ心
その時　我々の灰色の想念が瞬時にして白光の想念と化す

五井先生の足音が聞こえる

颪をとばして
嵐のように　稲妻のように
ヒューヒューと音をたてて
地球上の業想念はきれぎれに切り裂かれる
その心は慈悲にして
その眼は人類の未来を見据えて
印を組まれる
地球はいま身ぶるいしながら次元上昇を試みる
人類の魂は神世紀に飛翔する

地球上に立ち込める霧　深い眠り　ほの暗い想い
人類の心は依然と闇

際立った考えも行為も輝きもない人々
五井先生はなおも駆けめぐる
涙の雫《しずく》を降らせながら
印を組まれる
氷りついた心に　荒涼たる大地に
たちまち光は射し　緑と化す
お懐かしき五井先生の御顔を仰がん

年々歳々　人類が自然を破壊してゆく
人類が自然に逆らってつくり上げた
欲望　権力　執着　束縛という想念の川は
闘争　貧困　差別　死の中を流れてゆく

五井先生は眼下を見据えて
印を組まれる
美しく滔々《とうとう》と流れる水　ほとばしるしぶき
光明という神聖なる川が地球のすみずみまで流れ尽くす
ああ　五井先生なくして人類の救済はない

何もかもがうつろで無関心
耐えがたいほどの希望のない人生
人々は余りにも己れの本質から遠いところで生きている
それでもなお人々は
崇高なものなくしては生きることは出来ない
五井先生は眼下を見据えて

印を切られる
私たちは地上にて印をまねる、、
たゆたう光の川の流れの中で
五井先生率いる光明霊団に融け合い
神人として人類救済の任務を果たす

二十一世紀　ついに神人の代《よ》が来た
人類はみな一人残らず真理に目覚め
我即神也の印を組む
その先達者として
今日もまた五井先生とともに印を組む
我即神也　人類即神也

本来の光と一つになるために

形あるものは滅びる
すべては果てしなく移り変わり消えてゆく
それが世の常なのだ

五井先生と神人たちは
全く一つに強く結ばれ
今生に新たなる神聖なるものを生み出した
それが印と称せられ、マンダラと称せられるものだ

今では　世界各国各地にて
神縁深き人々によって
尊ばれ、支えられつつ広がりを増している

印を組むところ　たちまちに
宇宙神の光が組む人の背後につき従い
世のカルマ、個のカルマを祓い浄める

印を組むたびに
自らの呪縛から徐々に解き放たれ
自由自在なる境地に至らしめる

いかなる困難が目の前に立ちはだかろうとも
宇宙神の光の輝きが柱となりて　毅然と立ちはだかり
すべての因縁が打ち払われ
自らの人生は再創造されてゆく

印を組む時
長い間　肉体に深くくい込んでいた
古い思想や誤った習慣、暗い記憶は一掃され
かつまた
精神の世界は悲惨なまでに人類の心から忘却されつづけていたが
宇宙神が光そのものである善霊なる人類をつくったということを
深く思い起こすのである

我即神也　人類即神也
わが魂の地上への落下という現象は
地上への肉体の誕生と重なる
わが魂は　光燦然と輝く神界から
闇の中を通って落下するというプロセスを経て
今生への出生を果たすのである
その真実を　印を組むたびに思い起こし
自らの人生の再調整を果たしてゆくのである

この世がいかに不条理にして　無情に充たされていようとも
今、我々が見ているのは　単なるうつろい変わりゆく

粗雑な外形にすぎず
本来は光そのもの、真理そのもの、愛そのものである
いかなる者も死後、再び宇宙を上昇し
本来の光のもとに帰一し　合流を果たすのである

今までに　過去の偉大なる神聖なる教えも祈りも
時が経つにつれ　時の権力者や宗教家や
大衆らの手によって
彼らの都合のよいように
偏向され、歪曲され、腐敗しつづけてきた

が、それでもなお

内なる真理はその輝きを決して失うことなく
本来の無限なる力を発揮しつづけてきた

その本来の光と一つになるために
神人は今日もまた　印を組む
我即神也　人類即神也

人類一人一人の心の扉は遂に開かれた

人類即神也　人類即神也　人類即神也　人類即神也　人類即神也　人類即神也　人類即神也……

宇宙究極の真理のひびきが世に放たれていった
真理のひびきは、人類一人一人の内なる宇宙の扉を一つ一つノックしていった
遂にその開《あ》かずの扉は、ほんの少し開き始めた
長い間人類は自らの存在を否定し切ってきた
自分自身の存在を尊いものとは感じられずにいた

ただただ自分は取るに足らない小さな存在、価値のない存在と思い込んでいた

人類一人一人の
開かずの扉は遂に開かれた
暗闇《くらやみ》未だ晴れず、暗黒の海に一人漂っているように見えるけれど
確かに手ごたえはある
すべては今始まったばかりであるが
人類はまさに世界へ羽ばたこうとしている

人類一人一人に担わされ課せられたる業《カルマ》は重い
時折その重さに耐えきれず、身体を震わせ全身で怒り、憤り

泣き、叫び、わめき、自らを表現してきた
そうすることで自らの存在を訴えたのだ
が、気づく人はいない

人々は何もなかったかのように
自分に背を向けて遠ざかってゆく
自分の存在など、彼らにとっては全く価値ないもののように扱われ
人々は、無視し拒絶するかのように通り過ぎてゆく

が、はるか遠くに一筋の光が!!
人類即神也　人類即神也　人類即神也　人類即神也　人類即神也　人類即
　神也　人類即神也……

その光が自分の存在を照らし出してくれている
光が自分を見守り導いてくれている

私の心の暗闇を見透かすように
私の孤独なる心に生きる力を与えるかのように
私の哀しみを癒すかのように
愛を光を惜しげもなく一杯に投げかけてくれている

昨日も今日も、そしてまた明日も
私の心の扉は少しずつ開かれてゆく
開かずの扉は開け放たれたのだ
希望が射し込んできた

愛の光が自分の全身を包み込んでくれた
可能性が生まれた
自分の固く閉ざされていた心の扉の中に

今度は私の天命を完うする時がめぐって来た
人類即神也　人類即神也　人類即神也　人類即神也　人類即神也　人類即
　神也　人類即神也……
光の伝達者として……
私もその究極の真理のひびきの唱名に加わった
この唱名でまた世界の誰かが
自分と同じように究極の真理に目覚めてくれるよう
感謝と祈りと歓喜をこめて

不屈の究極の真理のひびきを
今日もひたすら唱名し世に放つ
人類即神也　人類即神也　人類即神也　人類即神也　人類即神也　人類即神也　人類即神也……

人類即神也の印とは

人類即神也の印は
直接、世界の平和を創造するための印ではない
人類即神也の印は
直接、戦争や紛争をなくすための印ではない
直接、飢餓や貧困をなくすための印ではない
病気や事故を防ぐための印ではない
天変地異や災難を限りなく抑えるための印ではない
戦争や紛争を引き起こす各国の政府や組織、元首や権力者を抑えるための

印でもない

人類即神也の印は
人類一人一人にそれらの苦悩や不幸や悲惨な状況を引き起こす
自らの無知と愚かさを気づかせるために組む印である
人類一人一人を本来の真我に目覚めさせるための印である
人類一人一人を究極の真理に目覚めさせるための印である
人類一人一人の内なる神性を引き出すための印である
そして、人類一人一人の心の中にある自らの否定的感情想念に光を当てる
印である
人類一人一人が心の敵に打ち克つようになるための印である
人類一人一人の心の中に巣くう否定的感情想念を洗い浄めるための印であ

る

人類一人一人の究極の真理に対する無知と愚かさを戒める印である

故に、人類一人一人が真に究極の真理に目覚め
人類一人一人が自らの神性を発揮し
人類一人一人が愛と慈悲によりすべてを赦しはじめ
人類一人一人が他の神性を認め
人類一人一人が異なる政府、宗教、文化、人種、民族、主義主張を異なる
ままに認め合うようになることによって
世界人類は自ずと真理に導かれてゆく
そして、人類一人一人の目覚めにより世界平和は創造されてゆく

人類即神也の印は直接、世界を平和にするための印ではない
人類一人一人を究極の真理に目覚めさせるために組む印である
人類一人一人の意識が神そのものにまで磨き高め上げられるために組む印である

世界平和は人類一人一人の意識を無視して成り立つものではない
世界人類の究極の真理への目覚めは人類即神也の印を組むことによって成し遂げられる
人類即神也の印は人類に捧げられし究極の印である
この人類即神也の印を一人でも多くの人たちが組むことによって
人類一人一人はより早く、自らに内在せる究極の真理に目覚めるのである
それ故、我々は今日も世界平和の祈りを祈り、人類即神也の印を組みつづ

けるのである

世界を変える言葉

言葉は即ち生命なり

日本には古来より言霊《ことだま》信仰が存在する

言葉は、生きている
言葉は、創造する力をもっている
言葉は、人を惹きつける
言葉は、人を突き動かす
言葉は、芸術である
言葉は、影響力をもっている

言葉は、伝染する

そして言葉によって幸運、不運が引き寄せられる
全人類は言葉を自由に選択し、用いることが出来る

人は言葉によって生かされ、言葉によって殺される
人は言葉によって救われ、言葉によって絶望する
人は言葉によって平和を築き、言葉によって戦争をもつくり出す

選ぶ言葉によって、語る言葉によって
想像以上の世界が繰り広げられる
言葉は即ち生命《いのち》なり

言葉は即ちエネルギーなり
言葉は即ち力なり
言葉は即ち光なり
言葉は即ち真理なり

私たちは信じている
言葉の力を
個の人生も、家族も、社会も、国家も、世界も、地球も
人類一人一人の選ぶ言葉によって、語る言葉によって
善くも悪くも導かれてゆく

すべては人類一人一人の語る言葉に責任がある

人類は自らが語った言葉に責任をもたねばならない
世界人類が平和でありますように
人類即神也

光明の言葉

貴方の光明思想の言葉は
希望にあふれ希望に満ちている
多くの人々の人生を変え
人類に大いに貢献しつづけている

言葉は自らの魂そのものだ
自分の言葉に火を点じ
燃えさかる炎の如く

自らをふるいたたせ
無意識に口からついてでる
悪やマイナスの言葉を浄め尽くすのだ

貴方の語る光明の言葉一つ一つに
霊なる光がそそぎこまれ
多くの人々の荒涼たる心に
空虚なる魂に生気を与え
愛の献身という尊い生き方を貫いてゆくのだ
貴方の光明の言葉は
人々の幸せと人類の平和を創造し

自分自身の幸福までをも生み出しているのだ

宇宙の気を
自らの光明の言葉に変えて
毎日毎瞬光の言葉を放ってゆくのだ
宇宙の気が貴方の肉体を通り
光明の言葉となり
心地よいひびきを発して
人々の暗く閉ざされた心に降り注いでゆくのだ

私たちは地上に生きている限り
あの広大な宇宙から無限なる光明エネルギーを浴び

それを創造的な言葉に変えて
今日も地上に放つのである

我々神人の仕事は、自己の内部で
霊性の光により
否定的想念を毎日毎時毎瞬洗い浄め
光明の言葉を積極的に生み出してゆく
真理の言葉、希望あふれる言葉、愛の言葉、感謝の言葉は
自らを満たしてゆくと同時に
人々の心をも満たしてゆく

あらゆるジャンルの光明の言葉を

生み出し、かき集め闇の中に放ってゆく
この大いなる仕事は神より与えられし天命
自らは光り輝く言葉の中にとけてゆく
自ら放つ言葉は
神言、霊言そのもの
暗黒のカルマにおおいつくされた地上の人類に
無尽蔵に光明の言葉を
生み出しあみ出し創りつづけてゆく
光明の言葉は光の宝
それを創りつづけるのは我らのミッション

日常生活の中に高次の言葉を次々と放ちつづけてゆくのである

邪悪な言葉を消し去る高貴なる群団

人類が本来、みな神そのものであるならば
何故、人類を悪に見間違うのか
それは、人類一人一人が無意識に発する
邪悪な言葉（無限なる光明！）の繰り返しの歴史があるからだ
人類は、迷信や地獄や悪魔の存在を
無意識のうちに受け入れ
常識や知識を限りなく貯えつづけ
いつの間にか究極の真理より逸脱してしまった

それは古今東西、毎日変わることなく
世界のあちこちで老若男女が
戦争だ、悪だ、貧乏だ、ガンだ、死だ
天災だ、不幸だ、苦悩だ、破滅だ
絶望だ、ストレスだ……と
まるで呪文のように口々に唱えつづけているからだ
この呪文は決して消えることはない
世界中の人々が無意識に
邪悪な言葉（無限なる光明！）を
呪文の如く唱えるたびに
その言葉のエネルギーは勢力を増してゆく
世界中の人類がばらまく暗黒想念を巻き込んで

邪悪な言葉は限りなく成長しつづけている
遂には地球上に根を張り
幼い子どもたちや青年たちの
純粋な心をも傷つけ
占領してゆく

世界平和の祈りを祈る
高貴なる群団により
地球上に次々と次元上昇が起こり
次第に聖なる言葉、祈りの言葉、真理の言葉、光明の言葉が
偉力を巻き返し、地球上を取り巻き
邪悪な言葉を次々と消し去っている

彼らが今日まで三六五日プラスアルファ
コツコツとたゆみなく地上に蒔き散らした
世界平和の祈り、究極の真理の種は
今や立派に成長を遂げ
ついには富士聖地に人類救済の大光明共磁場を築きあげたのである

過去の歴史は消え失せ
地球に輝く未来が顕現されるのである

肉体の真の鼓動を聞く
～富士聖地で肉体は光の循環の場と化す

崇高《すうこう》にして神秘に光り輝く富士聖地
宇宙神の究極なる光が唯一降り来《きた》る場、富士聖地
奇跡的変容、不可能を可能にせしめる成就の場、富士聖地

富士聖地に一歩足を踏み入れた瞬間
誰しも肉体の周波数が高まり
肉体を構成する全細胞の分子エネルギーが
より高いエネルギーへと変容を遂げてゆく

本来、肉体は光の循環《じゅんかん》の場
絶え間なき葛藤を排除せずとも
自らの意識の気づきと目覚めを促す場
そして癒しの力が自らの中から湧き上がる場

肉体は、自らの主人（意識）に最も忠実だ
自らの身に何事が起ころうと
決して逆らわない
下僕のようにいつも柔順にして主人（意識）に仕える
どんなに酷使しても限りなくやり遂げようとする
どんなに食べすぎても懸命に消化に励む
どんなに睡眠不足が続いても抵抗はしない

主人（意識）が想いを遂げたいことは出来る限り応えようとする
これほど素直で従順で尊い肉体を
主人（意識）は無視しつづける
主人（意識）は何も気づいていない
肉体に対する尊厳の念はなきに等しい
感謝の心、慈しみの心は全くもってない
尊い肉体の存在そのものの鼓動など聞く耳さえもたない

常に傲慢である
常に破壊的である
常に独善的である
常に自分勝手である

ついに肉体が主人（意識）に逆らう時が来た
抵抗する時が来た
もうこれ以上主人（意識）に従うことは出来ない
我慢の限界を超えてしまっている
肉体に生命《せいめい》エネルギーの浄化をもたらす時が来たのだ
主人（意識）に気づきを促し、目覚めさせる時が訪れたのだ

発熱、下痢、嘔吐、貧血、麻痺、失心……等の症状が表われ
危険信号を送りつづける
その時、凡夫は初めて自らの肉体の異常に気づき、慌てふためくのである

主人（意識）は常に肉体に対し注意深くなければならない

主人（意識）は肉体それ自体に働くことへの快適さ、豊かさ、よろこび、
そして仕えることへの感謝、至福、幸せを授ける必要があったのである

主人（意識）はそれら一切を与えるどころか無視しつづけてきたのである

何と愚かしいこと
何と悲しいこと
何と切ないこと
何と申しわけないことであったか
だが神人、神人予備群、祈り人らは
富士聖地に一歩足を踏み入れた瞬間
肉体の全細胞一つ一つに生命エネルギーの次元上昇が起こり
肉体は光の循環の場と化すのである

宇宙神の光の前に闇はなく
神聖なる肉体に病なく
大調和せしところに闘争、貧困、飢餓はなく
崇高な意識に否定的言葉、想念、行為はない

富士聖地に降り来る超大生命エネルギーは
永遠に人類の進化創造を司る働きを為し
不可能を可能にする超強力なる波動である
富士聖地　この空間のあらゆる領域は
真理そのもの、光そのもの、癒しそのものの
波動エネルギーが充満している神域そのものである

意識と肉体は常に一体であり調和しているものなのである
意識は自らの肉体に神の言葉、想念、行為を顕現することを誓うのである

自らの肉体を讃える祈り

私の聖なる肉体さん
崇高なる肉体さん
神秘なる肉体さん
神々しき肉体さん
進化創造せし肉体さん
大調和せし肉体さん
完璧なる肉体さん
美しき肉体さん

輝かしき肉体さん
若々しき肉体さん
高貴なる肉体さん
清楚なる肉体さん　有難うございます
私は、自分の肉体に心より感謝を捧げます
そしてこの肉体を通して
一瞬一瞬
神の言葉
神のみ心（意志）
神の行為を顕せる自分になれますように

真理のメッセンジャー

祈りのつむぎ手たち

聴こえるか　人類の叫びが
見えるか　人類の未来が
聴きなさい！　心をすまして
見なさい！　心を集中して
人類は今、皆一人残らず病んでいるのだ
彼らは聖なる人間性を欠き
創造への欲求を失い
未来の希望さえ捨てたのだ

彼らの心は冷えきり
国も政府も宗教も誰をも信じられず
恐れと不安と苦悩の心を増幅させてゆく

人類は愛することを忘れ
痛み傷つき道をはずれ
無意味な攻撃や
残酷なたわむれに興じ
無光へのらせん階段を舞い降りてゆく
人類は誰も彼もが分離し孤立してゆく

だが、ここに一握りの祈り人が存在している

彼らの無条件の祈りの光はすべての国境、地平線を超え
全世界、全人類に放射され
人類一人一人の苦しみや憎しみを分かちあい
痛みと哀しみを癒しあい
真に生きる勇気を与えつづけている

この時、祈りの同志、神のメッセンジャーたちは
いかなる権力にも、虚栄にも
迷いにも、非難にも屈せず
毅然たる態度にて
毎日毎日コツコツと半世紀にわたって
〝世界人類が平和でありますように〟

と祈りつづけてきた

祈りのつむぎ手はいかなる時も
決して希望を失わず
決してあきらめず、決して焦らず
自らのことはまずは脇に置き
世界平和の祈りという崇高な目的を心に抱きつづけ
今日まで祈り歩みつづけてきたのである
いよいよ全人類が一人残らず真理に目覚める時が来ている
今日もまた、我々は世界の平和を祈りつづけるのである

地球の未来を光に変える

地球は、だんだん重苦しく生きにくくなってきた
以前の地球には光が広がり
空気も水も大地も澄み浄まり、輝きを放っていた

地球は生きている
地球は歴史始まって以来
人類の生き様のすべてを見尽くしてきた
意識的であれ無意識的であれ

人類一人一人の飽くなきエゴや傲慢
そして貪欲などの総意識が
地球に悲惨でとり返しのつかない状況を引き寄せ創造してきたことを……

地球は人類の思考を映し出す鏡である

人類は、かけがえのない地球を
今日に至るまで痛めつけ、踏みつけ、傷つけ
機能不全に貶《おとし》めてしまったのだ

人類一人一人の無知による責任は重い
これからの人類一人一人は

地球の重荷を平等に背負い
生きざるを得ないのだ
未来に生きる人々の
無限なる生命、自由、幸福、よろこびを
奪い去ってしまった　その責任を

今こそ地球人類はみな一人残らず
神の愛の意識に目覚め
歓喜と神性と無限なる可能性を
自らの内より引き出し
完璧なる神の姿を地上に顕現してゆくのだ
そして人類一人一人が発信する人類即神也の波動が

町を越え
川を越え
山を越え
谷を越え
国境を越え
世界を越えてゆく
そして地球に
宇宙全体にこだまし
放射されてゆく
すべては光の海と化す
人類一人一人に起きることは即ち
地球にも宇宙にも同時に生じてゆく

宇宙神の栄光が地球を満たし
大陸に溢れ
地表が輝きを増し
生きとし生けるものすべて一切が
大調和し進化創造を遂げてゆくのだ
地球の未来も人類の未来も
間違いなく栄光に光り輝く日が必ず来る

それは私たち人類一人一人の
神意識にかかっている
我即神也　人類即神也

あなたは光の使者

あなたは光の使者だ
あなたが居るところ、行くところ、いつも光に満ちている
あなたの祈り、印、マンダラ、そのすべてが
地球上に真理のひびき、愛のひびき、調和のひびきを放っている
そう、あなたは闇を光で照らす光の使者なのだ

悲しみに打ちひしがれている人
嫉妬に狂っている人

怒りの想いを燃えたぎらせている人
不平、不満、欲望に駆り立てられている人
あなたは祈り、印、マンダラを通してそれらの人々に真理を運び、
愛を注ぎ、光を与えつづけているのだ

そう、あなたは光の使者なのだ
真理のメッセンジャーなのだ
あなたはもう、誰にも従属していない
他のいかなるものからも完全に自立し、自由なのだ
あなたはあなたが信ずる道を堂々と歩んでいるのだ
毎日真理を求め、真理を語り、真理に生きているのだ

あなたはどんなものにも制約されてはいないし、制限されてもいない
ましてや自分の進むべき道に限界などというものは全くない
自分がこうありたい、こうしたいという想いそのままに
すべてが完璧に整ってゆく
不思議に思えるが、決して不思議ではない
何故ならば、すべては完全な秩序に則《のっと》り起こっていることなのだから
それは宇宙神の法則そのものだから
その真理を理解し受け入れ、真理に従って生きている人生なのだから

人類はすべて一人残らず
人生に起こる出来事を自分でつくり出しているのだ
それは、人間は誰もが一人残らず

偉大なる人生の創造者であるということなのだ

人類は皆、自分の想うように生きている
そして、その想う通りの出来事を人生に引き起こし
そうなるべく環境を自らがつくり出している
だが、人類の多くはそれを知らずに生きている
かつてはあなたもその一人だったのだ

しかし遂に、あなたは自らの内に「神」を見出したのだ
真理に出合い、真理に導かれ、真理と共に生きているのだ
あなたは到達すべきところに到達したのだ
人類の歴史を通じて、そこに至った人たちはごくわずかだ

あなたは人類の意識を改革するにふさわしい人なのだ
その天命を背負っている人なのだ……

さあ出かけて行きなさい　あなたを必要としているところへ
あなたを待っている人々のもとへ
行って、迷える人々に真理を語りなさい
光を与えなさい　光を注ぎなさい
そう、光で闇を照らし出しなさい

あなたの存在こそが
今の人類に必要とされているのだ

神人フィールドの働き

人々を前にして
神人は特に何も語る必要はない
何も行為することもない
必要以上に声を大にし真理を説く必要もない
ただ、そこに自然体に在るがままでよい
神人の在るところ、その周りに聖なる「場」を自ずと響かせていればよい
神人フィールドを創造してゆけばよい
人は誰であれ

神人フィールドに入り込めば、即座に聖なる波動のひびきを受け
内なる意識に変化が生じてくるものだ
天命に生きるための崇高な意識を捨て去り、偉大なビジョンを失いつつ
不安にざわめいていた心がピタッと止み
深い静けさに包まれる
激しい不安と動揺の念は聖なる波動に包まれ
自らの心は調和してゆくのである

神人の側にいるだけで
人々の心は安らぎへと導かれてゆく
神人がかもし出す聖なる波動により
人々の疲れきった心身は癒され

雑念は消え光と化してゆく

そして人々は、神秘のエネルギーフィールドに取り囲まれ
果てしなく内なる彼方へと誘われ導かれてゆく
やがて奥なる何かが音をたてて崩れはじめる
神人のかもし出す大いなるものに圧倒され
今日までしっかりと固く握りしめたまま、決して離すことが出来なかった
固定観念が次々と取り払われてゆく
浄められてゆく、輝いてゆく

神人と人々が出合う時
神人の究極の真理と人々の固定観念が出合い

神人の神性意識と人々の物質意識が出合い
神人の完璧なる自由と人々の閉ざされた不自由が出合い
そこですべてが大いなる光に包まれ
神人と人々の間に立ちはだかっていた大きな壁は
全く一つに融け合い
世界平和を創造してゆく

神人の日々の神事は
かくも尊く深く神秘なものなのだ
怠るまい
休むまい
神示が成就するまでは

高貴なる魂の群団《ぐんだん》

今や地球上に
高貴なる魂の群団《ぐんだん》が存在する
人類一人一人の存在を讃え
人類一人一人の尊厳を認め
人類一人一人の神性を拝し
人類一人一人を真理に目覚めさせる群団
この世から怒り、憎しみ、報復、罪、汚れ、不幸、苦悩を取り除き
人類一人一人の再生を祈る群団

その群団は、世界人類の平和と幸せのみを祈りつづける
その群団は、人類一人一人に対して決していかなる非難、批判もしない
その群団は、己れの評価に対してさえもいっさい耳を貸さない
その群団は、地上に愛と調和と慈しみと赦しの光を放ちつづける

その群団こそは、聖なる人々の集まり
その群団こそは、高貴にして崇高なる魂の集まり
その群団こそは、究極の真理の法則に生きる人々の集まり
この地に唯一存在する
宇宙神より選ばれし群団
地上に人類の平和をもたらし、人類の進化創造を司る群団

その群団こそが、
神人および神人候補者の集まり

彼らの天命は、瞬々刻々世界平和の祈りを祈り
人類即神也の印を組みつづけて生きる
世界人類救済者群団である

この世界人類救済者群団を構成し、支えている人々は
日本を中心とし、各国各地に存在している
だが、お互いに国籍も名前も知らない

ただ、世界平和を祈り、印を組むことによって、全く一つに強く結ばれて
　いるいと高き、素晴らしき群団である

その群団は、今日も日本国内はもとより、世界中のどこかで
世界人類が平和でありますように
人類即神也
と祈り、印を組んでいるのである

一握りの神人が闇を光に変えてゆく

究極の真理に到達した
たった一握りの神人および神人予備群たちが
今、人類全体の意識を変革させようと試みている

神人および神人予備群たちの祈り、印、マンダラが
人類の未来を新たに創造しつつある

神人および神人予備群たちの祈り、印、マンダラが

いよいよ臨界点を超えて
次々と人類の心の中に
祈り、印、マンダラの
連鎖反応をひき起こしてゆく

人類の未来は
臨界質量の法則に則って形成されてゆく

人類の意識に劇的な変化をもたらすためには
人類の過半数の人々が必要なわけではない
それはほんの少数の神人によってひき起こされてゆくのだ
地球上の全人口に比べれば、〇・〇〇一パーセントにも満たない

ほんの一握りの人たちの祈り、印、マンダラによるのだ

究極の真理に満たされた神人が
世界人類救済の先達者として
宇宙神、五井先生の大み心を受け
歴史を変えてゆくのだ

過去の歴史から見れば
数の上では、とうてい及ばないこの少数の神人
だがしかし　たとえたった一人でも
真剣に世界平和の祈りを祈り、印を組み、マンダラを描きつづける人がいれば

多くの人々を救うことが出来るのだ

神人および神人予備群の働きは
人類の未来に、その行く手に
途方もなく大きな力を発揮し
途方もなく大きな影響力を与えてゆく

臨界質量の法則により
人類すべては神そのものであり、一体であるという究極の真理が
四方八方に広がってゆく

世界を覆すものは

人類すべては一体であるという真理である
大生命《せいめい》の生命《いのち》の働きが　地上に肉体として顕れたもの
それが、我即神也、人類即神也の基《もとい》である

その法則には
光と闇という二元対立はない
闇とは光の欠如から成り立っているのである

暗い室にロウソクを灯せば
たちまち光は、室全体に広がり
その小さなロウソクの炎によって
闇は制覇されてしまうのである

闇はひとつの力として光から切り離されて存在するのではなく
光の欠如である
そして、業《カルマ》は真理の欠如である
闇をどんどん光に変えてゆくのは
たった一握りの神人の手によって為されてゆくのである
神人の祈り、印、マンダラこそ
人類の光そのものである

西園寺昌美（さいおんじまさみ）
祈りによる世界平和運動を提唱した故・五井昌久氏の後継者として、＜白光真宏会＞会長に就任。その後、非政治・非宗教のニュートラルな平和活動を推進する目的で設立された＜ワールド ピース プレヤー ソサエティ＞代表として、世界平和運動を国内はもとより広く海外に展開。1990年12月、ニューヨーク国連本部総会議場で行なった世界各国の平和を祈る行事は、国際的に高い評価を得た。1999年、財団法人＜五井平和財団＞設立にともない、会長に就任。2008年には西園寺裕夫氏（五井平和財団理事長）と共に、インド世界平和賞「哲学者 聖シュリー・ニャーネシュワラー賞2007」を受賞。また、ブダペストクラブ名誉会員、世界賢人会議（WWC）メンバーとして活動する傍ら、ドイツ・テーブル・オブ・フリー・ヴォイスィズへの参加や、ユナイテッド・レリジョンズ・イニシアティブ国際平和会議での主演説、ミュンヘン国際平和会議、ミュンヘン大学、アルバート・シュバイツアー世界医学学会、ポーランド医学学会、ロータリークラブ主催の教育講演会、スイスでのグローバル・ピース・イニシアティブ等、多数の講演を通じて人々に生きる勇気と感銘を与えている。
『シンフィニット・ワーズの詩〈1〉━輝ける生命のメッセージ』『シンフィニット・ワーズの詩〈2〉━自らに降り注がれる光』『明日はもっと素晴しい』『真理━苦悩の終焉』『教育の原点━運命をひらく鍵』『今、なにを信じるか？━固定観念からの飛翔』（以上、白光出版）
『あなたは世界を変えられる（共著）』『もっともっと、幸せに』『無限なる幸せ』（以上、河出書房新社）
『You are the Universe』
『The Golden Key to Happiness』
『Vision for the 21st Century』　など著書多数。

白光真宏会出版本部ホームページ　http://www.byakkopress.ne.jp/
白光真宏会ホームページ　http://www.byakko.or.jp/

インフィニット・ワーズの詩（3）
宇宙と呼応するひびき

平成二十二年九月二十日　初版

著　者　西園寺昌美
発行者　平本雅登
発行所　白光真宏会出版本部
〒418-0102　静岡県富士宮市人穴八一二－一
電　話　〇五四四（二九）五一〇九
ＦＡＸ　〇五四四（二九）五一二二
振　替　〇〇一二〇・六・一五一三四八
東京出張所
〒101-0064　東京都千代田区猿楽町二－一－一六
下平ビル四〇一
電　話　〇三（五二八三）五七九八
ＦＡＸ　〇三（五二八三）五七九九
印刷所　株式会社明徳印刷出版社

ISBN978-4-89214-196-6 C0014

白光真宏会出版本部

五井 昌久

神と人間

文庫判 定価315円／〒180　定価1365円／〒290

われわれ人間の背後にあって、昼となく夜となく、運命の修正に尽力している守護霊守護神の存在を明確に打ち出し、霊と魂魄、人間の生前死後、因縁因果をこえる法等を詳説した安心立命への道しるべ。

神は沈黙していない

定価1680円／〒290

宗教家の一部にも、神への信仰を失いつつある者のある時、著者が真っ向から〝神は沈黙していない、常に人間の祈りに答えている〟と発表した作。人間の真実の生き方に真正面から取り組んだ書。

西園寺昌美

インフィニット・ワーズの詩(1)

輝ける生命のメッセージ

定価1680円／〒290

どんな人生であろうとも、そこには尊く深い意味が隠されている。あなたの生きる意味、使命、本当の喜び……をガイドする、〝生きること〟への祝福に満ちた輝ける生命のメッセージ。

インフィニット・ワーズの詩(2)

自らに降り注がれる光

定価1680円／〒290

喜びに満ち溢れている時も、自らを信じられなくなってしまった時も……常に自らの上には光が降り注いでいることを実感できる一冊。

※定価は消費税5％込みです。